Cómo pesar un elefante

Un cuento de China, contado por Lorain Day
Adaptado por María Herminia Acuña
Ilustrado por John Griffiths

**LEARNING
MEDIA®**

Un hombre muy rico
quería regalarle un elefante
al Emperador.
Le pidió al dueño de un barco
que le llevara el elefante
al Emperador en su barco.

—Tendremos que pesar el elefante.
Luego arreglaremos cuánto dinero
tendrá que pagarme.
Cuanto más pesado sea el elefante,
más dinero tendrá que pagarme
—le dijo el dueño del barco.

El hombre rico preguntó:
—¿Cómo podemos pesar un elefante?
No hay balanzas suficientemente grandes.

Alguien dijo:
—Pesa una pierna a la vez.
Otro dijo:
—Pon el elefante encima de muchas balanzas
y suma el peso de cada una.

Pero en realidad nadie sabía
cómo pesar un elefante.
Ni siquiera Tsao Tsao,
el hombre sabio, podía decir
cómo pesar un elefante.

La hija de Tsao Tsao, Pequeña Tsao,
pensaba y pensaba ...
hasta que dijo:
—Yo sé cómo pesar un elefante.
Pero nadie la escuchó.

Con voz más fuerte, dijo de nuevo:
—Yo sé cómo pesar un elefante.

Esta vez todos la escucharon.
Comenzaron a reírse y dijeron:
—Es sólo Pequeña Tsao,
¡una niña!

Pero el hombre rico dijo:
—Dinos lo que piensas, pequeña.

Entonces Pequeña Tsao dijo:
—Pongan el elefante en el barco.
Los sirvientes del hombre rico
pusieron el elefante en el barco.
El barco bajó en el agua.

Pequeña Tsao dijo:
—Marquen una línea hasta donde llega
el agua alrededor de todo el barco.
Y así lo hicieron los sirvientes.

Después Pequeña Tsao dijo:
—Ahora saquen el elefante del barco.

Los sirvientes del hombre rico
sacaron el elefante del barco.

Pequeña Tsao dijo:
—Pongan piedras en el barco.
Continúen poniendo piedras
hasta que la línea llegue al agua.

Todos ayudaron
a poner piedras en el barco
hasta que la línea
llegó al agua.

Pequeña Tsao pidió a alguien
que trajera una balanza.

Pequeña Tsao dijo:
—Saquen las piedras del barco.
Pesen las piedras poco a poco.
Sumen todo lo que han pesado.
Entonces todos sabremos
cuánto pesa el elefante.

—¡Por supuesto! —dijeron todos—.
¿Por qué no pensamos en eso?

Los sirvientes pesaron las piedras.
El dueño del barco resolvió el costo.
El hombre rico le pagó.
El dueño del barco le llevó el elefante
al Emperador.

El Emperador estaba muy contento
con el elefante.
¡Y todos estaban muy contentos
con Pequeña Tsao!